Melissa Foster

Sternenhimmel über Seaside

Ein *Seaside-Summers*-Kurzroman

DIE AUTORIN

Melissa Foster ist eine preisgekrönte *New-York-Times-* und *USA-Today*-Bestsellerautorin. Ihre Bücher werden vom *USA-Today*-Bücherblog, vom *Hagerstown Magazin*, von *The Patriot* und vielen anderen Printmedien empfohlen. Melissa hat mehrere Wandgemälde für das *Hospital for Sick Children*, eine Kinderklinik in Washington, D. C., gemalt.

Besuchen Sie Melissa auf ihrer Website oder chatten Sie mit ihr in den sozialen Netzwerken. Sie diskutiert gern mit Lesezirkeln und Bücherclubs über ihre Romane und freut sich über Einladungen. Melissas Bücher sind bei den meisten Online-Buchhändlern als Taschenbuch und E-Book erhältlich.

www.MelissaFoster.com

Melissa Foster

Sternenhimmel über Seaside

Seaside Summers

Love in Bloom – Herzen im Aufbruch

Aus dem Amerikanischen von Janet König

Vorwort

Freundschaften und Familienbande gibt es zuhauf in diesem Kurzroman voller Liebe, Lachen und Happy Ends! Verbringen Sie einen gemütlichen Abend mit unseren Seaside-Freunden und verlieben Sie sich an diesem Valentinstag in unser neuestes Seaside-Liebespaar Brock und Cree!

Schon seit Brock Garner das erste Mal aufgetaucht ist, wollte ich seine Geschichte schreiben, und ich freue mich, dass ich ihn endlich in meinem Schreibplan unterbringen konnte. Der Kurzroman *Sternenhimmel über Seaside* ist eine großartige Möglichkeit, einige unserer Freunde aus der Serie *Seaside Summers* kennenzulernen – und anschließend können Sie jede ihrer Liebesgeschichten lesen. Wenn dies Ihre erste Begegnung mit *Seaside Summers* ist, dann sollten Sie wissen, dass es sich hier um einen *Flirt* handelt, einen Kurzroman, der nur ein paar Tage umspannt. Sie werden – wie immer in meinen Geschichten – eine leidenschaftliche, kurzweilige und romantische Story mit einem Happy End ohne Cliffhanger erleben. Wie alle Bände aus der Reihe »Love in Bloom – Herzen im Aufbruch« können die Flirts unabhängig von den anderen Geschichten gelesen werden, also stürzen Sie sich hinein und genießen sie die unterhaltsame, prickelnde und emotionale Achterbahnfahrt.

Abonnieren Sie auch meinen Newsletter, um über Neuerscheinungen, Aktionen und Events informiert zu werden:
www.MelissaFoster.com/Newsletter_German

Wenn dies Ihre erste Geschichte aus der Liebesroman-Sammlung »Love in Bloom – Herzen im Aufbruch« ist, können Sie noch eine ganze Reihe mit loyalen, sexy und brandheißen Helden und klugen, frechen Heldinnen kennenlernen. Die Figuren aus jeder Serie der »Love in Bloom – Herzen im Aufbruch«-Reihe tauchen in anderen Serien und in zukünftigen Geschichten immer wieder auf, sodass Sie keine Verlobung, Hochzeit oder Geburt verpassen.
www.MelissaFoster.com/Herzen-im-Aufbruch

Reader Goodies wie eine Serien-Checkliste und Familienstammbäume finden Sie auf meiner Website:
www.MelissaFoster.com/Checklisten_und_Stammbaume

Viel Spaß beim Lesen!
Melissa

Eins

Wer auch immer mal gesagt haben mochte, Fitnesstraining wäre ein guter Ersatz für Sex, hatte sich nie in der Nähe von Cree Redmond aufgehalten, einer zierlichen Schönheit mit rabenschwarzen Haaren, die lieber Kampfstiefel als Sneaker trug. Brock Garner war ein regionaler Boxchampion, Trainer in seinem eigenen Studio und mit seinen eins dreiundneunzig und gut hundert Kilo ein beeindruckender Kerl, aber diese selbstbewusste kleine Sexbombe konnte ihn mit einem einzigen unschuldigen Lächeln in die Knie zwingen. Verstohlen schaute er kurz zu ihr hinüber, während er mit seinem Kumpel Sawyer Bass, der nach seiner Zeit als aktiver Wettkampfboxer ebenfalls Trainer geworden war, im Boxring herumtänzelte. Cree lehnte mit einem Stift im Mund über dem Tresen und studierte eingehend die Trainingspläne, während sie ihren hübschen Hintern im Takt der Musik schwang und sich kein verdammtes bisschen der Tatsache bewusst war, dass sie Brock jedes verfluchte Mal eine Latte bescherte, wenn –

Wumms! Sawyers Handschuh traf auf Brocks Kiefer und riss ihn aus seinen Cree-Träumereien. Brock fokussierte seinen Gegner, dessen Grinsen trotz Zahnschutz zu erkennen war.

Mistkerl.

Sawyer hatte einen unfairen Treffer gelandet, aber Brock war selbst schuld. Normalerweise hatte er sich durch nichts und niemanden ablenken lassen – bis Cree vor vier Monaten auf der Suche nach einem Job in seine Trainingshalle gekommen war. Den Moment, in dem er sie das erste Mal gesehen hatte, würde er nie vergessen. Sie hatte auf der Vierfachhochzeit, bei der neben Sawyer und Sky auch Brocks Schwester Jana geheiratet hatte, beim Bespaßen der Kinder geholfen. Er war hin und weg gewesen von ihren unschuldigen braunen Augen und ihrem sonnigen Gemüt – beides stand im starken Kontrast zu ihrer komplett schwarzen Kleidung, den bunten Tattoos, die sich über ihren Arm erstreckten und den Hals hinaufschlängelten, und der schwarzen Harley, mit der sie vorgefahren war. Doch dann hatte er sie in der Stadt in Begleitung von Justin Wicked gesehen, einem raubeinigen, bärtigen Biker. Justin und sein Bruder waren die Inhaber von Cape Stone, einem Steinmetzbetrieb und Fachhandel für Natursteine. Beide waren aufrechte, gute Kerle, und nachdem Brock klar geworden war, dass zwischen Justin und Cree etwas lief, hatte er sie konsequent in die Tabu-Schublade gesteckt. Sie einzustellen, war die beste und gleichzeitig blödeste Entscheidung seines Lebens gewesen. Die Kunden liebten ihre lebhafte Art ebenso wie er, aber sie in engen Yogahosen und kaum vorhandenen Tanktops herumhüpfen zu sehen, war die reinste Folter. Und seit Cree angefangen hatte, Tanzkurse bei seiner Schwester Jana zu belegen, übte sie pausenlos auf der Arbeit, wackelte mit ihrem hinreißenden Hintern herum und machte es ihm schwer, irgendeinen vernünftigen Gedanken zu fassen.

Außer sie nackt in seinen Armen zu halten …

Brock senkte das Kinn und beobachtete Sawyers Bewegungen. Sawyer hatte eine Gehirnerschütterung zu viel erlitten und bestritt keine Profikämpfe mehr, aber Brock schonte ihn nicht. Was Sawyer auch nicht gewollt hätte, der Kerl war knallhart. Brock sah eine Öffnung in der Deckung und nutzte sie, traf Sawyers Rippen und landete anschließend einen Uppercut auf seinen Kiefer, wobei er gekonnt Sawyers Gegenschlägen auswich.

Sawyers Handyalarm ertönte und verkündete das Ende ihrer Trainingseinheit. Brocks Blick huschte zu Cree, während er sich die Handschuhe auszog und den Zahnschutz herausnahm.

»Netter Kampf«, sagte Sawyer sarkastisch. »Vielleicht können die für dich ja eine Gänseblümchen-Liga aufmachen.«

Brock schnaubte verächtlich, als er aus dem Ring stieg. »Wenn das ein richtiger Kampf gewesen wäre, hätte ich gewonnen.«

»Wenn das ein richtiger Kampf gewesen wäre, hätte ich auch richtig geboxt.«

Die Glocke über der Tür ertönte, und Sky rauschte herein mit ihrem langen bunten Rock, der ihr um die Stiefel wehte. Sie winkte Sawyer zu und unterhielt sich dann mit Cree. Skys Bruder Hunter war mit Brocks Schwester Jana verheiratet und sie alle standen sich ziemlich nah.

»Bin gleich da«, rief Sawyer Sky zu, während er seine Ausrüstung in seine Tasche stopfte.

Sky war Inhaberin eines Tattoo-Studios in Provincetown, wo wie in den meisten anderen Städten am äußeren Cape, dem nördlichen Teil der Halbinsel, im Winter nicht viel Betrieb herrschte. Cree arbeitete im Sommer für Sky und hatte daneben noch einige andere Teilzeitjobs. Brock als Ältester von vier Kindern, die von strengen Eltern mit traditionellen Werten aufgezogen worden waren, plante dagegen gern alles. Seit seiner Teenagerzeit hatte er gewusst, dass er eine Boxhalle betreiben wollte. Von einem Job zum anderen zu wechseln, wie Cree es tat – und wie Brocks Schwester Jana es früher getan hatte –, hätte ihn wahnsinnig gemacht. Aber das war nicht der Grund dafür, dass er Cree eine Vollzeitstelle in der Halle gegeben hatte, obwohl er für den Winter nur eine Teilzeitkraft gebraucht hätte. Ihr einen festen Job und damit Stabilität zu geben, hätte sein Beweggrund sein sollen, aber seine Entscheidung hatte einzig und allein auf dem Wunsch beruht, sie mehr um sich zu haben. Sie war die glücklichste, freundlichste und schönste Person – innerlich wie äußerlich –, die er kannte, und er hatte die Gelegenheit beim Schopfe gepackt, sie in sein Leben zu holen.

»Du solltest Cree morgen zur Valentinsparty ins Undercover mitbringen. Ich wette, sie würde *The Beast* gern mal singen hören«, sagte Sawyer in Anspielung auf Brocks Wettkampfnamen.

Er und Sawyer sangen in einer A-cappella-Gruppe namens A Cappella Boys, zu der auch Sawyers ehemaliger Boxtrainer Roach Regan gehörte, der ebenfalls Schüler im Club trainierte. Ihr Trio war aus einem Scherz heraus entstanden, aber sie hatten Gefallen daran gefunden und sangen jetzt gelegentlich bei den Open-Mic-Nights im Undercover, einer Bar, die Brocks Bruder Colton gehörte.

Sawyer grinste. »Aber du solltest davon absehen, die kleine Miss Ablenkung bei einem Kampf zusehen zu lassen. Du könntest deinen Titel verlieren.«

Brock sah ihn finster an. Dann wanderte sein Blick wieder hinüber zu Cree, die gerade zu ihm herüberschaute, während sie sich mit Sky unterhielt. Sie errötete und sah schnell weg, was sie ziemlich oft tat, doch der Funke war bereits übergesprungen und sofort wurde ihm am ganzen Körper heiß. Manchmal kam es ihm so vor, als flirtete sie mit ihm, doch dann fuhr Justin sie zur Arbeit oder holte sie ab, was Brock daran erinnerte, dass sie absolut tabu war, und ihm wurde klar, dass er es sich nur eingebildet hatte.

»Wahrscheinlich hat sie schon was vor.«

»Hängt sie noch mit Justin ab? Anscheinend hat sie ein Faible für sein … *Motorrad*.« Sawyer zog seinen Mantel an und warf sich die Tasche mit einem hämischen Grinsen über die Schulter.

Brock biss die Zähne zusammen. »Im Winter fährt er einen Pick-up.«

Abgesehen von ihrem Motorrad besaß Cree einen knallgelben kleinen, uralten Toyota. Dass sie trotzdem nicht selbst fuhr, war der erste Hinweis darauf gewesen, wie ernst es zwischen ihr und Justin war. Wenn sie sein Mädchen wäre, hätte er dafür gesorgt, dass sie diese schäbige Karre loswurde, und ihr einen Land Rover mit Allradantrieb gekauft, damit sie im Schnee nicht Kopf und Kragen riskieren musste.

Aber sie war nicht sein Mädchen, und für den Fall, dass er diese ärgerliche Tatsache mal vergaß, erinnerte ihn das Fehlen sowohl der Harley als auch des Toyotas auf dem Parkplatz schmerzhaft daran.

»Jedem anderen Kerl würde ich sagen, dass du es bei ihr versuchen solltest«, sagte Sawyer. »Aber es ist nicht dein Stil, die Frau von jemand anderem anzubaggern. Tut mir leid, Kumpel.«

»Manchmal wünschte ich mir, ich wäre so ein Arschloch.« Er schaute zu Cree. Sie hatte sich wieder ihre Stöpsel in die Ohren gesteckt und hüpfte zur Musik herum, während Sky telefonierte. »Aber falls Wicked ihr jemals wehtun sollte … Ich schwör dir, dann mach ich dem Kerl die Hölle heiß.«

»Schon verstanden. Wir sehen uns morgen Abend.«

Nachdem Sawyer und Sky gegangen waren, nahm Cree ihre

Ohrstöpsel heraus. »Hey, Brock? Ich hab noch zwanzig Minuten Zeit. Würdest du mir noch ein paar Tricks zeigen, bevor ich gehe?«

Vor einigen Wochen hatte Cree ihn gebeten, ihr das Boxen beizubringen. Eine Frau musste sich verteidigen können, hatte sie gesagt. Mit Justin an ihrer Seite bezweifelte Brock, dass sie je allein irgendwohin ging oder sich darum Sorgen zu machen brauchte. Aber er war von der Notwendigkeit, Techniken der Selbstverteidigung zu beherrschen, überzeugt, und vor allem bot es ihm die Gelegenheit, Cree nah zu sein. Aber – *verdammt!* – diese schwarze Yogahose brachte ihn jedes Mal um den Verstand.

»Klar.« *Macht mir nichts aus, noch einmal kalt zu duschen.*

»Super! Danke!« Voller Elan ging sie um den Empfangstresen herum, zog sich das T-Shirt über den Kopf, zeigte ihr strahlendes Lächeln und offenbarte noch mehr ihrer bunten Tattoos auf dem linken Arm und der rechten Schulter. Er gab alles, um den Blick nicht wandern zu lassen, aber *Mist!* Das hautenge Sport-Bustier überließ absolut *nichts* der Fantasie. Die Nippel drückten gegen den dünnen Stoff. Er ballte die Fäuste, um gegen den Drang anzukämpfen, Cree zu berühren. Eigentlich hätte das auch ausreichen müssen, um ihn von ihrem nackten Bauch abzulenken, aber der funkelnde Silberring in ihrem Bauchnabel ließ ihm das Wasser im Mund zusammenlaufen.

»Bereit, starker Mann?« Sie bewegte sich rückwärts und hob die Fäuste, als würde sie boxen. »Ich bin heute Abend gut drauf. Ich glaube, heute zeig ich dem Speed Bag mal, wo der Hammer hängt.«

Er hätte ihr gern mal gezeigt, wo der Hammer hängt.

Na großartig. Bei dem Gedanken wurde er sofort hart.

An der Boxbirne kamen sie sich immer ganz schön nah, aber zumindest wollte sie sich heute Abend nicht auf die Beinarbeit konzentrieren. Er hatte versucht, sie bei ihrer ersten Lektion davon zu überzeugen, Sportschuhe zu tragen, aber sie hatte darauf bestanden, diese klobigen Kampfstiefel anzubehalten. Deshalb stolperte sie oft, wenn sie an ihrer Beinarbeit feilten, und landete dann in seinen Armen. Lucretia »Cree« Redmond war die Personifizierung von Himmel und Hölle in einem.

»Und wenn wir uns beeilen«, sagte sie mit einem aufgeregten Funkeln in den Augen, »kannst du mir vielleicht noch ein paar tolle Tipps für die Beinarbeit geben.«

Kein Wasser war kalt genug, um das Feuer zu löschen, das dieser Gedanke durch seine Adern jagte.

»Lass ihn tanzen, Süße«, sagte er, als sie an der Boxbirne waren. »Zeig mir, was du draufhast.«

Sie stellte sich mit dem Gesicht zum Gerät gewandt auf, wackelte mit dem Hintern und ballte die Fäuste. »Dieses Mal kriege ich es hin. Ich glaube, ich brauche auch gar nicht mehr diesen Trick mit den Fingern machen. Guck mal.«

Ihre Beine standen etwas zu weit auseinander und die Ellbogen waren zu tief, doch er verkniff sich eine Bemerkung, denn sie war so verdammt süß und so aufgeregt, dass er ihr den Spaß nicht nehmen wollte. Sie atmete tief durch und streckte die Brust raus. *Was für eine Folter!* Immer noch lächelnd nickte sie einmal kurz und schlug dann auf die Boxbirne ein. Sie landete sogar noch einen zweiten Treffer, doch dann lief alles aus dem Ruder. Sie schlug zu kräftig auf die Birne, verlor den Rhythmus und die nächsten beiden Schläge gingen vollkommen am Ball vorbei.

Aufstöhnend ließ sie die Arme sinken und schaute genervt zur Decke. »Was bin ich doch nur für ein Mädchen!«

»Zum Glück.« Er trat an sie heran und stellte sich mit dem Oberkörper nah hinter sie. Er atmete ihren süßen Duft ein, den Duft, der seine intimsten Fantasien beherrschte. In denen er ihr alle Kleider vom Leib riss und jeden Zentimeter von ihr kostete.

Herrgott noch mal! Er hatte wirklich eine masochistische Ader. »Was sage ich dir immer?«

Sie lehnte sich an ihn und sofort pulsierte es in seinem Schritt. »Dass es ein Kompliment ist, wenn man wie eine Frau boxt.«

»Genau. Zwischen Frauen und Männern gibt es keinen Wettkampf. Die Frauen können so tough sein, wie sie wollen. Aber ohne die richtige Grundstellung geht gar nichts.« Er zog ihre linke Hüfte etwas nach hinten. »Du musst mit dem gesamten Körper in Richtung Ball stehen.«

»Das weiß ich noch«, sagte sie mit etwas stockendem Atem, während sie sich aufrechter hinstellte.

»Deine Hände sind zu tief und zu weit auseinander. Du musst sie eng vor dir halten. Je enger, umso besser.« *Ah, Mist!* Seine Gedanken rasten immer nur in die eine Richtung.

»So?« Sie führte die Hände näher zueinander.

»Fast.« Er hob ihre Hände in die richtige Haltung. »Vielleicht ist es einfacher, wenn wir es zusammen machen. Leg deine Hände auf meine und ich zeige dir die Bewegung.«

Ihre schmalen Hände lagen auf seinen, als er anfing, mit den Fingerspitzen gegen die Boxbirne zu stoßen. »Wenn du die Hände nah am Ball hältst, ist es einfacher, jeden Schlag kontrolliert auszuführen. Denk daran, kleine, kreisförmige Bewegungen zu machen. Schlag zweimal mit der linken und dann zweimal mit der rechten Hand, bis du den Dreh raus hast.«

»Ok, verstanden.«

Er konnte der Versuchung einfach nicht widerstehen, die Grenzen auszureizen. »Stell dir einfach vor, der Ball ist dein neuer Liebhaber. Wenn du ihn zu hart rannimmst, kannst du es vielleicht nicht durchhalten. Wenn du zu behutsam bist, dann seid ihr beide nicht zufrieden.«

»Okay«, brachte sie stockend hervor.

»Aber wenn du diesen perfekten Rhythmus findest, merkst du es sofort, denn dann willst du überhaupt nicht mehr aufhören.«

Ihre Finger schoben sich zwischen seine und hielten sie noch fester. Ihr Hintern strich über seine Länge und *er* wollte mit Sicherheit nicht aufhören.

»Du bist richtig gut«, sagte sie schwer atmend. »Ich wette, du sorgst immer dafür, dass alle befriedigt sind.« Ruckartig schaute sie ihn an. »*Zufrieden* sind! Du sorgst immer für Zufriedenheit. Ich will dich. Äh … *Es!* Ich will *es!* Es schaffen!« Sie zog die Hände zurück, als hätte sie sich verbrannt, und ihre Wangen glühten hochrot. »*Omeingott!* Ich will die Kündigung, bitte!«

Sie war so verdammt süß und durcheinander, dass er ein Lachen nicht unterdrücken konnte.

Mit den Händen vor dem Gesicht stieß sie aus: »Meine Güte! Justin hat vollkommen recht. Mit der Arbeit hier bringe ich mich nur in Schwierigkeiten.«

Da ist sie ja, die kalte Dusche.

Mist. Es war allein seine Schuld. Er hatte kein Recht, mit ihr zu spielen. Sanft ließ er die Arme sinken. »Mein Fehler. Es war ein langer Tag und diese Wortspielerei ist mir einfach so herausgerutscht. Das war vollkommen unangemessen. Es tut mir leid.«

»Nein, das war in Ordnung. Es ist meine Schuld. Es ist

immer meine Schuld.« Sie schnappte sich ihr T-Shirt und zog es sich über den Kopf, während sie nach vorne marschierte.

Er folgte ihr und kam sich richtig mies vor. »Cree, sei nicht albern. Du bist wundervoll.«

»Wundervoll tollpatschig.« Sie steckte sich die Stöpsel in die Ohren, tippte auf ihrem Handy herum und brachte ihn so zum Schweigen.

Sie sammelte ihre Sachen zusammen und stopfte sie in ihre Tasche. Als sie in ihren schwarzen Ledermantel schlüpfte, zog sie versehentlich das Kabel ihrer Kopfhörer aus dem Handy, sodass die Musik laut aus dem Handy dröhnte. Die schönste Stimme, die er je gehört hatte, war zu hören. Es war eine kehlige und vielschichtige Stimme, wie eine Mischung aus Janis Joplin und Stevie Nicks.

»Wer ist das?«

»Niemand.« Ihre Wangen wurden wieder hochrot, und sie griff nach ihrem Handy, doch er war schneller und hielt es in die Höhe außer Reichweite. Dann traf ihn die Erkenntnis wie ein Schlag.

»Ach, du Scheiße, Cree! Das bist ja *du!*«

»Gib es mir, sofort!« Sie sprang hoch, um sich ihr Handy zu schnappen, doch mit ihren knapp eins sechzig war das aussichtslos.

»Du kannst *singen*«, sagte er voller Bewunderung, während ihre Stimme aus dem Handy drang.

»Nein, kann ich nicht.« Sie sprang weiter an ihm hoch. »Gib es mir!«

»Auf keinen Fall, meine Süße. Du hast wirklich Talent! Was ist das für ein Lied?« Er erkannte den Text nicht, der finster und leicht zugleich war.

»Nur irgendetwas Blödes, das ich mal geschrieben habe.« Sie

krallte sich in sein T-Shirt, um sich an seinem Oberkörper abzustützen, und sprang noch einmal. »Jetzt gib es mir!«

»Von wegen irgendetwas Blödes! Das ist genial und wunderschön.« *So wie du.* »Wieso arbeitest du hier, wenn du so singen kannst? Du gehörst auf die Bühne.«

Sie versuchte, seinen Arm nach unten zu ziehen. »Red keinen Quatsch und gib mir das Handy zurück.«

Er legte den Arm um ihre Taille und zog sie an sich. »Komm morgen ins Undercover und sing bei der Open-Mic-Night. Du wirst allen den Valentinstag versüßen.«

Sie schnaubte verächtlich und hielt sich wieder an seinem T-Shirt fest, als sie versuchte, das Handy zurückzuerobern. »Nein! Ich kann nicht vor Leuten singen. Ich singe nur für mich.«

Sein Arm legte sich noch fester um sie, während er sie weiter ansah. Ihre Stimme war magisch. Anregend und umwerfend, so wie sie selbst. Er konnte die Sache nicht auf sich beruhen lassen. »Wie wäre es, wenn du es für *mich* tust?«

Mit halb offenem Mund schaute sie durch ihre langen dunklen Wimpern zu ihm auf. Die Finger krallten sich noch immer in sein T-Shirt. Die sexuelle Spannung zwischen ihnen war ebenso greifbar wie das Schweigen. Es spielte keine Rolle, ob sie für ihn singen würde oder nicht, denn er wusste, dass er die Emotionen in ihrem Gesang, in dem es darum gegangen war, wie verloren und gefunden zugleich sie sich fühlte, nie vergessen würde – ebenso wenig wie die Tatsache, dass jedes Wort so geklungen hatte, als wäre es aus ihrem Innersten gekommen. Er wollte Teil dieser Emotionen sein, ihre Sehnsucht stillen und ihr helfen, gefunden zu werden.

Scheinwerferlicht streifte die Fenster und beendete den Moment. Ihr Blick wurde entschuldigend, ja sogar bedauernd, und versetzte ihm einen schmerzhaften Stich.

»Ich muss los«, sagte sie, aber die Hand war noch in sein T-Shirt gekrallt.

»Ich muss dich unbedingt singen hören, Süße.« Er reichte ihr das Handy, ließ es aber nicht sofort los. »Sag, dass du morgen Abend kommst.«

Sie schluckte, während ihr Blick von ihm zur Tür und wieder zurück wanderte. Schließlich löste sie die Finger von seinem T-Shirt, drückte die Hand eine einzige heiße Sekunde lang fest auf seine Brust, bevor sie »Ich werde es versuchen« sagte, ihre Sachen nahm und zur Tür hinauseilte.

Zwei

Der Tanzkurs war genau das, was Cree brauchte, um ihre Anspannung loszuwerden, nachdem sie heute bei der Arbeit alles getan hatte, um Brock aus dem Weg zu gehen. Zum Glück hatte er am Donnerstag immer viel um die Ohren und hatte von dem Moment an, als sie zur Arbeit gekommen war, bis zu ihrem Feierabend eine Trainingsstunde nach der anderen gegeben. Doch das hatte ihn nicht davon abgehalten, eine Nachricht auf dem Empfangstresen für sie zu hinterlassen: *Undercover. Acht Uhr. Sei dort, sonst muss ich vielleicht wieder dein Handy klauen.*

Es war ihr am Abend zuvor unglaublich peinlich gewesen, als ihr loses Mundwerk beim Training an der Boxbirne plötzlich beschlossen hatte, ihre Geheimnisse preiszugeben, bevor ihr Hirn irgendetwas dagegen unternehmen konnte. Und als dann auch noch das dämliche Handy ihre Musik laut abgespielt hatte … Sie wäre am liebsten im Boden versunken. Brock war so ganz anders als alle Männer, die sie je kennengelernt hatte. Er war kantig und männlich, aber auch *immer* zuvorkommend, und das war eine einzigartige Mischung. Die meisten Männer gaben sexuelle Anspielungen von sich, um ein Gespräch anzufangen, zum Beispiel so etwas wie: *Hey, Baby, du siehst hungrig aus. Ich habe einen rosa Lutscher, der dir bestimmt gefällt,* oder etwas ähnlich Charmantes, das sofortigen Würgereiz auslöste. Selbst Justin, der sich als ihren Beschützer sah, machte solche scherzhaften Anspielungen, obwohl sie wusste, dass er es nicht ernst meinte. Er war wie der große Bruder, den sie nie gehabt hatte, und sie liebte ihn dafür. Aber während dieser verwirrenden Trainingseinheit gestern hatte Brock das erste Mal überhaupt ihr gegenüber sexuelle Anspielungen von sich gegeben, und die hatten ihren Verstand vollkommen außer Kraft gesetzt.

Wenn Brock sie heute bei der Arbeit in die Ecke getrieben hätte, wäre ihr sicher wieder etwas Unbedachtes herausgerutscht, denn immer wenn sie ihn sah, surrte ihr ganzer Körper vor Begehren, und sie erinnerte sich daran, wie unfassbar gut es sich angefühlt hatte, als er sich an ihren Rücken geschmiegt hatte. Und wie gern sie diese anzüglichen Zweideutigkeiten aus seinem sexy Mund hörte! Brock Garner war eindeutig zu heiß, um nur in Träumen aufzutauchen. Der Mistkerl war der Hauptdarsteller in all ihren erotischen Fantasien. Sie hatte sich seinen perfekt gestutzten Bart zwischen ihren Oberschenkeln ausgemalt, ihre Finger, die sich in seine dunkelblonden Haare krallten, während er sie mit dem Mund in höhere Sphären trieb. Und seine großen Hände, die sich über ihre Brüste legten, während er sie von hinten nahm. Und diese Augen? Oh, diese Augen! *Ich werde dich so heftig nehmen und dich dann genüsslich lieben,* sagte sie. Wie sehr sie das und noch vieles mehr wollte!

»Gut gemacht, Mädels«, sagte Jana und klatschte am Ende ihres Hip-Hop-Kurses in die Hände, womit sie Cree unsanft aus ihren Träumereien riss. »Ihr wart heute richtig heiß!«

Wenn du wüsstest, dachte Cree, als sie merkte, dass ihr Slip feucht war – und zwar nicht vom Schweiß. Wahrscheinlich war es ziemlich unanständig, Fantasien über Janas Bruder nachzuhängen. Sie schaute sich um, ob irgendjemand gemerkt hatte, dass sie während des Kurses mit den Gedanken ganz woanders gewesen war, aber ihre Freundinnen Bella und Jenna waren damit beschäftigt, ihre Wasserflaschen zu leeren. Die beiden gaben ihr *sehr* gern Ratschläge, wie ältere Schwestern. Beide waren mit großartigen Männern verheiratet und hatten entzückende Töchter.

»Danke für die tolle Stunde«, sagte Cree zu Jana. Sie mochte Jana wirklich sehr, die tough und lieb zugleich war und abgesehen davon auch eine unglaubliche Tänzerin. Früher war sie als Profi-Boxerin in den Ring gestiegen, hatte aber aufgehört, als sie geheiratet hatte. Es war immer sehr unterhaltsam, wenn sie mit Brock trainierte. Er gab sich dann als der große Beschützer und Jana verdrehte nur genervt die Augen. Cree konnte ein Lied davon singen, wie es war, von allzu beschützenden Kerlen umgeben zu sein. Ihr Vater gehörte dem Motorradclub der Dark Knights in Peaceful Harbor an. Sie war also mit harten, beschützenden Bikern aufgewachsen, weshalb sie sich auch nicht so sehr über Justins ausgeprägtes Beschützergetue aufregte. Sie erwartete es quasi, denn er war Mitglied der Dark Knights auf Cape Cod.

»Danke fürs Kommen. Freut mich, dass es dir gefallen hat«, sagte Jana. Bella und Jenna traten in dem Moment zu ihnen, und die anderen Mädels aus dem Kurs winkten ihnen auf dem Weg hinaus noch zu. »Gegen Ende warst du ein wenig abgelenkt. Hast du an deine Pläne für den Valentinstag gedacht?«

Ach, das? Ich hab nur in Gedanken deinen Bruder begrapscht.

»Ich wette, sie plant einen heißen Ritt mit ihrem Biker.« Bella zuckte vielsagend mit ihren blonden Augenbrauen.

Bella und Jenna waren zusammen aufgewachsen und besaßen beide ein kleines Haus in der Feriensiedlung Seaside. Bella war groß und muskulös mit ein paar schönen Rundungen in der Mitte, und sie war die größte Expertin in Sachen Streiche, die Cree je kennengelernt hatte. Jenna dagegen war gerade mal eins fünfzig groß und hatte Kurven, die sogar einem Impotenten eine Erektion beschert hätten. Durch ihren Ordnungszwang stimmte sie stets Unterwäsche, Socken und Ohrringe aufeinander ab und sortierte sogar ihre Vorratskammer alphabetisch. Cree mochte die beiden sehr gern und mit ihren eigenen Marotten passte sie wunderbar zu ihnen.

»Ich habe euch doch gesagt, dass Justin und ich nur Freunde sind«, sagte Cree zum hundertsten Mal. »Ich bin mit seinen Cousins aufgewachsen, und er hält es für seine Aufgabe, auf mich aufzupassen. Denn genau das …«

»*Das machen die Dark Knights*«, sagten die drei zur gleichen Zeit wie Cree.

»Trotzdem glaube ich, dass mehr dahintersteckt«, sagte Bella.

Cree seufzte. »Leute, ihr solltet wirklich mal mit diesem Justin-Unsinn aufhören.«

»Oder vielleicht solltest du mal die heißen Rendezvous eingestehen, die du hoffentlich genießt«, sagte Jana. »Mein Bruder hat erzählt, dass Justin dich *sehr* oft zur Arbeit fährt und abholt.«

»Stimmt, immer wenn meine Karre mich im Stich lässt.« Ihr alter Toyota pfiff aus dem letzten Loch. »Also gut, wollt ihr hören, wie absolut ich es *nicht* auf Justin abgesehen habe? All meine Single-Freunde hatten schon Pläne für den Valentinstag gemacht, also musste ich Justin bitten, mit mir auszugehen, nur damit ich nicht so wie ein Loser rüberkomme, wenn ich heute Abend allein in eine Kneipe gehe.«

»Oh, das hört sich verdammt heftig nach *nur mögen* an. Und es erinnert mich daran, wie es bei mir und Pete war«, sagte Jenna. »Ich habe ihn jahrelang geliebt, bevor wir endlich zusammengekommen sind. Es besteht also noch Hoffnung für dich und Justin!«

»Meine Güte, Jenna!« Cree gab ihr einen Klaps auf den Arm. »Hör mir gut zu: Justin ist *nicht* der Mann meiner Träume, okay? Ich habe versucht, diesen anderen Typen – der *nicht* Justin ist – auf mich aufmerksam zu machen, und ich glaube, es ist mir endlich gelungen. Aber ich könnte eure Hilfe gebrauchen. Ich möchte mich mal richtig heiß herausputzen, versteht ihr?« *Und ihn hoffentlich so aus dem Konzept bringen, dass er das mit meiner Singerei vergisst.* Obwohl sie hoffte, dass *er* singen würde. Bis vor Kurzem hatte sie an den meisten Abenden gekellnert und so hatte sie ihn nie singen hören können. Den Job hatte sie endlich aufgegeben, und jetzt wollte sie es um nichts auf der Welt verpassen, ihn auf der Bühne zu erleben. »Ich möchte unwiderstehlich aussehen, damit ich aus der Masse heraussteche. Aber meine ganzen Klamotten sind alles andere als sexy. Wisst ihr, wo ich so kurzfristig noch etwas herbekomme?«

»Ah, du willst dich heute Abend sexy aufbrezeln? Das wird spannend!« Jana deutete auf die Leute, die gerade den Raum betraten. »Ich muss mich auf meinen letzten Kurs vorbereiten, aber mein bester Ratschlag in Sachen sexy lautet: *tiefer Ausschnitt, hohe Absätze und kurzer Rock.* Damit kriege ich Hunter jedes Mal. Jetzt bewegt euren Allerwertesten hier raus, damit ich heute Abend nicht zu spät zu meinem Kerl komme.« Sie warf ihnen eine Kusshand zu und begrüßte dann ihre Kursteilnehmer.

»Wie lang kennst du diesen Typen schon?«, fragte Bella, als sie ihre Mäntel anzogen.

»Schon ziemlich lange. Er ist der Bruder einer Freundin.« *Und der Schwager einer anderen Freundin.* »Aber ich habe ihn erst in den letzten Monaten besser kennengelernt und ich mag ihn wirklich sehr. Also komplett mit dieser verrückten Nervosität, sobald er in der Nähe ist, und diesen Momenten, in denen einem das Herz auf der Zunge liegt und so. Ihr wisst schon, wenn man so einen Unsinn von sich gibt, den man lieber nicht aussprechen sollte?«

»Ich liebe dieses Gefühl einer neuen Beziehung«, sagte Bella auf dem Weg hinaus.

»Na ja, so neu ist das Gefühl nicht, und wir führen eindeutig keine Beziehung, also kann es sein, dass ich vollkommen falschliege. Ich habe noch nie an die Liebe auf den ersten Blick oder so was geglaubt, aber ich schwöre: Als ich ihn das erste Mal gesehen habe … Wow! Er hat diese perfekt vollen, zum Küssen einladenden Lippen, Augen, die mich an alle möglichen unanständigen Dinge denken lassen, und seine Hände … Die sind so groß und stark, dass ich mir Sachen vorstelle, die mir wahrscheinlich nicht in den Sinn kommen sollten. Als wir uns dann endlich mal unterhalten haben, also so richtig unterhalten, nicht nur ein flüchtiges Hallo, wenn wir uns in der Stadt über den Weg gelaufen sind, da habe ich gemerkt, dass er anders ist als andere Männer. Er spielt einem nichts vor. Hat keine Fassade, hinter die man schauen muss. Er ist nett, witzig und so klug und geschäftstüchtig. Das mag ich an ihm.« Stundenlang hätte sie noch so weiter schwärmen können, doch sie schwieg lieber, bevor sie noch etwas sagte, das den anderen verraten hätte, von wem sie sprach. Sie wollte Brocks Identität für sich behalten, falls heute Abend alles den Bach runtergehen sollte. »Jedenfalls brauche ich etwas Süßes zum Anziehen.«

»Ja, das brauchst du«, pflichtete Bella ihr bei. »Aber im

Winter hat hier in der Gegend nichts auf. Hast du noch Zeit, um nach Hyannis zu fahren?«

Die Stadt lag vierzig Minuten entfernt. »Ach, nein. Ich habe nur noch ungefähr zwei Stunden Zeit und ich muss noch duschen und meine Haare machen.«

»Keine Sorge«, sagte Jenna. »Du bist nur ein paar Zentimeter größer und hast einen ebenso schönen Vorbau wie ich. Da habe ich sicher etwas, das dir passt. Kannst du bei mir vorbeikommen?«

»Super Idee! Wir treffen uns dort«, sagte Bella.

»Macht es dir wirklich nichts aus?«, fragte Cree. »Bringt das nicht eure Pläne mit den Kindern durcheinander?«

»Machst du Witze?« Jenna rieb sich die Hände. »Die Seaside-Profis in Sachen sexy Auftakeln stehen zu Ihren Diensten! Außerdem haben Pete und Caden heute Abend ein Date mit ihren kleinen Prinzessinnen.« Pete und Caden waren die Ehemänner von Jenna und Bella.

»Und mit ihren großen Prinzessinnen morgen Abend«, fügte Bella augenzwinkernd hinzu.

Cree war ganz außer sich vor Freude. »Danke! Ich fahr nach Hause, dusche schnell und komm dann rüber.«

Eine Stunde später stand Cree in Jennas Schlafzimmer und fühlte sich in einem von Jennas figurbetonten Kleidern wie eine Presswurst. Auf dem Bett türmten sich Kleider, Röcke und Blusen. Sechs Outfits hatte Cree schon anprobiert und in jedem einzelnen davon kam sie sich wie eine Hochstaplerin vor. Sie war nicht wie ihre Schwester Isla, die im Blumenladen ihrer

Eltern in Peaceful Harbor arbeitete und alles liebte, was irgendwie mädchenhaft war. Aber jetzt fragte Cree sich doch, ob sie einfach nur noch nie die richtige Motivation gehabt hatte, diese Seite an sich zu entdecken, denn für Brock wollte sie die richtige Mischung aus feminin und sexy finden. Aber das, was sie im Moment anprobierte, wirkte, als würde sie es zu sehr versuchen. Selbst für eine Frau, die wirklich sexy aussehen wollte, war es etwas zu viel des Guten.

»Justin wird mich so nicht aus dem Haus lassen«, sagte sie und zupfte am Saum das Kleid nach unten, das gerade mal ihren Hintern bedeckte. »Ich glaube, ich kann das nicht. Vielleicht war es eine blöde Idee.«

»Jetzt mach mal halblang, Süße«, sagte Bella. »Du hast einen Body, der jeden aus den Socken haut, und wir werden nicht zulassen, dass du den Rest deines Lebens nicht dazu stehst.«

»Ich stehe dazu«, sagte sie und setzte sich auf die Bettkante. »Ich stelle ihn nur einfach nicht zur Schau. Diese Outfits sind umwerfend, aber das bin nun mal nicht ich.«

»Weil es nicht *deine* Outfits sind. Aber keine Sorge, Jenna hat mehr Klamotten als jeder andere Mensch, den ich kenne. Wir finden schon noch das Richtige.«

Jenna ging zu ihrem Schrank. »Hast du blaue Pumps?«

»Nein, nur schwarze.« Sie trug nicht gern Schuhe mit Absätzen, aber sie hatte kein Problem damit, heute Abend über sich hinauszuwachsen. Außer was das Singen anging. Sie konnte nicht vor anderen Leuten singen. Aber so wie Brock es gesagt hatte – *Ich muss dich unbedingt singen hören, Süße. Sag, dass du morgen Abend kommst* –, hätte es ihr nichts ausgemacht, für *ihn* zu singen und für ihn zu *kommen*. Eine Hitzewelle breitete sich von ihrer Brust aufwärts aus, und sie wedelte sich hektisch vor dem Gesicht herum, während sie aufstand und sich aus dem

Kleid befreite.

Bella lachte. »Woher kam denn diese Hitzewallung?«

»Das willst du lieber nicht wissen«, sagte Cree und ging zum Schrank. »Bin ich zu wählerisch? Ich möchte ihn einfach ein für alle Mal verführen, damit er gar nicht mehr anders kann, als sich das zu nehmen, was er will.«

»Dann bist du auf gar keinen Fall zu wählerisch!«, sagte Jenna und stöberte durch die Kleider, die nach Farbe und Saison geordnet waren. »Wir müssen es richtig krachen lassen. *Schimmernd, superkurz und sinnlich.*«

»Warum sagst du nicht einfach ›Hey, Kumpel. Ich steh total auf dich. Lust auf ein versautes Abenteuer?‹«, schlug Bella vor.

Jenna lachte gackernd. »Das sagst ausgerechnet du! Als ob du so jemals mit Caden geredet hättest, bevor ihr zusammengekommen seid.«

»Hey, jetzt hör aber auf! Als er mich das erste Mal gesehen hat, steckte ich im Fenster fest und hab ihm meinen Hintern entgegengestreckt. Das ist ja wohl so, als hätte ich mich ihm auf einem Silbertablett präsentiert.« Bella trat zu ihnen an den Schrank. »Was ist das da für ein schwarzes ärmelloses Kleid?«

»Das schimmert nicht«, sagte Jenna.

»Aber es ist sexy und nicht zu übertrieben. Ist es nicht das mit dem Choker?« Bella drängte sich zwischen sie und griff nach dem Bügel, um dann das schwarze ärmellose Kleid in die Höhe zu halten. Das Oberteil war eng, aber der Rock ausgestellt. Sie hob ein Stück schwarzen Stoff an und drehte das Kleid herum. »Das Halsband ist mit dem Rücken verbunden. Siehst du? Hier, es verdeckt den Reißverschluss.«

»Wow! Das ist echt süß!« Cree schnappte sich den Bügel.

Die Mädels brachten wahre Wunder zustande. Cree war begeistert von dem Kleid, und Jenna hatte sogar noch passende schwarz-silberne Glitzerohrringe und Armreifen. Dann schminkten sie ihr Smokey Eyes und trugen ihr rot-pinken Lippenstift auf, womit sie so heiß aussah, dass sie sich fast selbst nicht mehr erkannte.

Eine Stunde später ging sie auf den Eingang des Undercover zu, während Justin an ihrer Seite darüber lamentierte, dass sie zu sexy aussah. Doch das bestätigte ihr nur, wie großartig sie sich in dem Outfit fühlte. Wenn sie doch jetzt nur noch diese blöden Schmetterlinge loswerden könnte, die in ihrem Bauch tobten.

»Behalt die Jacke lieber an«, sagte Justin.

Sie hatte ihre kurze Lederjacke über dem Kleid angezogen, was bei dem kalten Wind, der über die Dünen wehte, nicht annähernd warm genug war. Aber sie passte zum Kleid und damit fühlte sie sich mehr wie sie selbst. Und auch wenn das Undercover an einem Steilufer an der Bucht lag, würde sie ja nicht den ganzen Abend draußen verbringen.

»Nein, und wenn du nicht aufhörst, dann reiße ich noch einen Schlitz in das Kleid, nur um dich zu ärgern.«

Justin blickte sie mit seinen eisblauen Augen wütend an und zog die Tür auf. »Was sagtest du, wie dieser Typ heißt?«

»Ich sagte gar nichts«, erwiderte sie spitz, als sie die schwach beleuchtete Bar betraten. Sie hakte sich bei ihm unter. »Aber ich bin dir wirklich sehr dankbar, dass du mitgekommen bist. Allein hätte ich nicht den Mut aufbringen können.«

Die überfüllte Bar war mit funkelnden roten Herzen dekoriert, die für den Valentinstag von der Decke herunterhingen. Aus den Lautsprechern ertönte Musik und auf der Bühne standen drei Mikrofone für den Open-Mic-Abend bereit. Eine prickelnde Vorfreude erfasste sie, als sie sich Brock auf der Bühne vorstellte.

»Doch, das hättest du, Cree«, sagte Justin. »Du bist es nicht gewohnt, deine Komfortzone zu verlassen, aber es gibt nichts, was du *nicht* kannst.«

»Und genau deshalb habe ich dich so lieb! Du gehst mir auf die Nerven mit deinem Kontrollzwang, und dann baust du mich auf, damit ich nicht so sauer auf dich sein kann.« Sie umarmte ihn und flüsterte: »Ich bin so nervös. Ich mag diesen Kerl wirklich sehr.«

Er drückte sie noch einmal ganz fest. »Du siehst umwerfend aus und bist klug und interessant. Hör auf, dir Sorgen zu machen, und sei einfach du selbst.«

»Keine Ermahnung, dass ich die Klamotten anlassen soll oder dass du notfalls jeden Typen in die Flucht schlagen wirst?«

Justin lächelte. »Klingt, als wüsstest du, wie ich ticke. Du bist ein großes Mädchen. Wenn dieser Kerl dich aus deinem Versteck gelockt hat, dann gibt es wohl einen Grund dafür. Ich bin da, wenn du mich brauchst, aber ich vertraue auf dein Bauchgefühl, und das solltest du auch.«

Er umarmte sie noch einmal, und als er ihr einen Kuss auf die Wange gab, entdeckte sie Brock, der in Richtung Theke ging. Ihr Herz raste. Kaum zu glauben, dass sie das hier wirklich tat! Brock drehte sich um und sah zum Eingang. Mit dem nächsten Atemzug landete der Blick seiner durchdringenden blauen Augen auf ihr.

Für Brock war es wie ein Schlag in die Magengrube. Den ganzen Abend hatte er die Eingangstür beobachtet und gehofft, Cree würde auftauchen. Er hatte sich eingeredet, dass sie ohne

Justin auftauchen würde, dass sie auch die Verbindung zwischen ihnen gespürt hätte und er sich das nicht nur eingebildet hatte. Am liebsten hätte er Cree aus Justins Armen gerissen und ihr gezeigt, dass sie zu *ihm* gehörte, aber das würde ihn zu der Art von Mistkerl machen, die er verabscheute.

Er biss die Zähne zusammen und eilte zur Theke.

Natürlich kam sie mit Justin. Es war idiotisch, irgendetwas anderes gehofft zu haben. Sie war seit Jahren mit ihm zusammen, und egal, was Brock wollte, er musste akzeptieren, dass es für ihn an der Zeit war, damit verdammt noch mal abzuschließen.

Wenn es doch nur so leicht gewesen wäre.

Manche Frauen waren unauffällig. Cree Redmond war *unvergesslich*.

Und ihre Stimme …

Ihre Stimme! Noch nie hatte er etwas Vergleichbares gehört. Auch wenn er nicht mit ihr zusammen sein konnte, musste er sie noch einmal singen hören. Verdammt, die *ganze Welt* musste sie singen hören.

Er ignorierte die Frauen, die ihn in Augenschein nahmen, als er sich über die Theke lehnte und Colton herbeiwinkte. Dass Frauen ihn beäugten, war er gewohnt, und ja, er hätte es all diese Jahre zu seinen Gunsten ausnutzen und jede flachlegen können, die er gewollt hätte. Aber so war er nicht. Er wollte so eine ewige Liebe, wie seine Eltern sie hatten. Er wollte eine Frau, die ihn ebenso glücklich wie scharf machte. Eine Partnerin fürs Leben, die witzig und inspirierend war und eine Unterhaltung führen konnte, die über: *Hey, gehen wir zu dir oder zu mir?*, oder: *Hi, du bist echt heiß*, hinausging. Eine Frau, die vor sich selbst genug Respekt hatte, um nicht mit jedem Typ der Stadt in die Kiste zu steigen. Und verdammt, mit jeder

Faser seines Ichs spürte er, dass Cree genau diese Frau war. Er hatte sie ebenso oft beim Lesen der Zeitschrift *The Week* überrascht wie beim Surfen durch alberne Memes auf Pinterest, und egal, was sie sich ansah, sie schaute dann immer mit diesen umwerfenden Augen zu ihm auf und sagte: *Eine Frau muss sich auf dem Laufenden halten.*

»Warum siehst du so aus, als würdest du jemanden umbringen wollen?«, fragte Colton. Seine weißblonden Haare waren glatt nach hinten gegelt, sodass seine markanten Gesichtszüge noch besser zur Geltung kamen.

»Weil ich ein Idiot bin, verdammt. Schenkst du mir einen Whiskey ein, bitte?«

Colton zog die Augenbrauen zusammen. Mit leiserer Stimme fragte er: »Willst du drüber reden? Britt kann hier für mich übernehmen.«

Er war aufmerksamer und weniger voreingenommen als Brock selbst oder ihre Schwestern und sie hatten sich schon oft gegenseitig geholfen. Aber heute Abend war ihm nicht danach. »Nur den Whiskey, aber danke trotzdem.«

»Falls du deine Meinung ändern solltest … Ich bin hier.« Colton grinste. »Bis ich es nicht mehr bin.« Sein Blick wanderte zum anderen Ende der Theke, von wo aus ein gut aussehender Typ sie beobachtete.

»Entschuldigung. Entschuldigung.«

Crees Stimme drang in Brocks Ohren und sofort hämmerte sein Herz wie ein Schlaghammer in seiner Brust. Sie zwängte sich durch die Menge hin zur Theke, lächelte und hielt den Blick unbeirrt auf ihn gerichtet. Sie sah absolut *atemberaubend* aus. Er war so sauer gewesen, als er sie mit Justin gesehen hatte, dass er ihr Make-up gar nicht bemerkt hatte. Sie war eine natürliche Schönheit und selten geschminkt. Aber heute Abend hatte sie ihre Augen umrandet, dunklen Lidschatten aufgelegt und ihre entzückenden Lippen geschminkt, was sie noch verlockender machte. Endlich erreichte sie ihn und – *Himmel noch mal* – sah so sexy in dem aufreizenden schwarzen Kleid aus, das ihre samtene tätowierte Haut zeigte und durch einen schwarzen Choker noch verführerischer wirkte. Sie war zum Anbeißen, zum Lieben und so verdammt hübsch, dass er fast den Verstand verlor.

Sich Cree aus dem Kopf zu schlagen, konnte er vergessen.

Brock würde der Mistkerl werden, der er nie sein wollte.

Drei

Cree zwängte sich zwischen Brock und die Frau, die neben ihm stand, und stützte sich an der Theke ab, wobei sie ihm einen verlockenden Einblick in ihren Ausschnitt schenkte.

»Hallo«, gab sie außer Atem von sich, und dann wandte sie diese umwerfenden braunen Augen Colton zu. »Hi, Colton. Bekomme ich ein Eiswasser, bitte?«

»Alles, was du wünschst, meine Schöne.« Colton holte ihre Getränke.

Brock dankte allen höheren Mächten, die es geben mochte, dass Colton schwul war, denn er würde sich für seine kleine erotische Elfe mit jedem anlegen, sogar mit seinem Bruder.

Cree lächelte Brock an. »Ich bin hier, aber singen werde ich nicht.«

»Und ob du das wirst!«

»Nein, werde ich nicht. Ich habe dir schon gesagt, dass ich nicht für andere singe.«

»Ich wette, du singst für Justin.«

Sie winkte ab. »Wohl kaum.«

»Ach, komm schon, Süße. Du kannst mir doch nicht erzählen, dass dein Freund dich nicht anfleht, für ihn zu singen, denn wenn du zu mir gehören würdest, würde ich diese Stimme jeden verdammten Tag hören wollen.«

Colton stellte ihre Getränke ab, zwinkerte Brock zu und kümmerte sich dann um andere Gäste.

Cree starrte Brock mit offenem Mund an, und zwar so lange, dass ihm nicht klar war, ob seine Bemerkung sie verärgert hatte. Hektisch griff sie nach ihrem Glas und nahm einen großen Schluck von ihrem Eiswasser.

»Du denkst, dass *Justin* mein *Freund* ist?«

Er hob eine Augenbraue und fragte sich, warum das so überraschend für sie war.

Sie lachte und schüttelte den Kopf. »Im Ernst? Was habt ihr alle nur? Er ist wie ein Bruder für mich und mit Sicherheit nicht *mein Freund.*«

Erleichterung und Begehren rissen Brock wie ein orkanartiger Sturm mit. Seinen Drink stürzte er auf einmal hinunter, während seine Gedanken um diese Information kreisten. Er musste sich absichern, dass er sie richtig verstanden hatte. »Aber er fährt dich doch immer zur Arbeit und holt dich ab.«

»Ja, weil meine Karre streikt und ich nicht mit dem Motorrad fahren kann, wenn es zu kalt ist oder regnet. Glaubst du wirklich, ich würde die ganze Zeit mit dir flirten, wenn ich einen Freund hätte? Das ist absolut nicht meine Art.«

»Ich dachte nur …«

Mit großen Augen sah sie ihn an. »Du dachtest, er fährt mich, weil wir miteinander schlafen? *Oh mein Gott!* Die ganze Zeit?«

»Die ganze Zeit.« Er kam ihr näher, denn nun hatte er keinen Grund mehr, auf Distanz zu bleiben. Ihre Körper berührten sich, und er liebte es, wie ihr der Atem stockte. »Dann warst du also nie mit Justin zusammen?«

»Nein«, hauchte sie. »Wir stehen uns nahe, aber nicht so.«

Er legte den Arm um ihre Taille und zog sie an sich. Sein ganzer Körper verzehrte sich nach ihr, als sie die Lippen leicht öffnete und mit der Zunge darüberfuhr. Er schob die Hand in ihre Haare, wickelte eine Strähne ihrer seidenen Locken um die Finger, während er ihr forschend in die Augen schaute und dort die Bestätigung fand, die er suchte.

»Ich bin dein Chef, wenn sich das hier also falsch anfühlt«, er glitt mit seinen Lippen über ihre, »dann bist du gefeuert.«

Er drückte seinen Mund auf ihren und zog ihren Körper fest an sich. Mit ihren weichen Kurven schmiegte sie sich an seine gestählten Muskeln. Sie klammerte sich an ihn, erwiderte jeden seiner Zungenschläge und füllte seine Lunge mit ihren sexy Seufzern. Dieses erregende Vibrieren löste all sein aufgestautes Verlangen. Er zog an ihrem Haar, brachte ihren Mund in einen Winkel, in dem er den Kuss vertiefen konnte. Sie krallte die Finger in seine Haare, als hätte sie ihr ganzes Leben auf diesen Moment gewartet, und er genoss es. Cree zu küssen, entsprach allem, was er sich vorgestellt hatte, und noch viel mehr. Sie war leidenschaftlich, verführerisch und hungrig nach *ihm*. Aber von irgendwo, aus weiter Ferne, drangen Stimmen in sein Hirn, und er erinnerte sich daran, dass sie in einer Bar waren, umgeben von Fremden. Der Drang, sie mit allem, was in seiner Macht stand, zu beschützen, kam in ihm auf und zwang ihn, behutsamer zu sein. Er küsste sie zärtlich, wollte nicht aufhören, wusste aber, dass er es musste.

Er liebte die süßen ergebenen Laute, die sie von sich gab, und das leise Aufstöhnen, das ihr entwich, als er sich zögerlich von ihr löste.

Ihre Wangen waren gerötet, der Lippenstift fortgeküsst, und sie war noch hinreißender als je zuvor, weil sie *endlich* in seinen Armen lag.

»Küss mich noch einmal«, flüsterte sie.

Er zog sie zu einem langsamen, sinnlichen Kuss an sich und raubte ihr den Atem. Noch immer hielt er sie fest an sich gedrückt, als er sie neben ihr Ohr küsste und flüsterte: »Ich werde dich verschlingen.« Er ließ die Zunge über ihre Ohrmuschel gleiten. »Und dann werde ich dich richtig nehmen.«

Sie erschauderte spürbar und ihre Finger krallten sich in seinen Nacken.

»Und wenn du denkst, ich wäre fertig, werde ich dich so gründlich lieben, dass du dich nicht mehr daran erinnerst, wie sich dein Körper ohne mich in dir anfühlt.«

»Ja!«, flehte sie warm ausatmend.

Er nahm ihr Kinn zwischen Finger und Daumen und sah ihr tief in die Augen. »Gleich, nachdem du auf diese Bühne gegangen bist und für mich gesungen hast.«

Cree hatte keine Ahnung, wie ihre wackeligen Beine sie trugen, während Brock sie durch das Gedränge führte. Wusste er denn nicht, dass sie überhaupt noch nicht wieder zu Atem gekommen war? Er hatte ihre Fähigkeit zu denken in dem Moment zunichtegemacht, als sein Mund den ihren berührt hatte. Und diese Küsse? *Mörderisch.* Sie musste ihren Slip wechseln! Er küsste nicht einfach – er *nahm in Besitz.* Woher hatte er gewusst, dass sie es mochte, wenn er ihre Haare packte oder sie so tief küsste, dass sie nicht mehr sagen konnte, wo sie aufhörte und er anfing? Bei der Erinnerung daran schoss ihr ein heißer Schauer über den Rücken. Sie würde den Verstand verlieren, noch bevor der Abend endete. Dessen war sie sich sicher. Er hatte *Jahre* der verdrängten Sehnsucht in ihr aufgeweckt. Ihr Körper pulsierte, und zur Krönung des Ganzen wollte er, dass sie das Undenkbare tat? Dass sie vor all diesen Leuten hier sang? Das konnte sie nicht. Aber nach seinen sexy Versprechungen wollte sie es versuchen.

»Hey, Kumpel.« Brocks Stimme riss Cree aus ihren Gedanken, und sie entdeckte, dass sie bei Justin und seinen Brüdern standen, die zusammen an einem Tisch saßen. »Ich wollte dich nur wissen lassen, dass Cree heute Abend in guten Händen ist. Ich sorge dafür, dass sie sicher nach Hause kommt.«

Justin schaute von Brock zu Cree, und sie spürte, dass sie wie blöd grinste, während er aufstand und nur für sie hörbar fragte: »Schätzchen, geht's dir gut?«

»Mhm. Ja. Absolut. Besser als gut.« Eine dämlichere Antwort hätte sie wohl kaum geben können.

Justins Blick wanderte von ihr zu Brock und wieder zurück. »Warum hast du mir nicht einfach erzählt, dass es Brock ist? Der Typ ist in Ordnung.«

»Hätte er sich nicht für mich interessiert, wäre ich mir ziemlich idiotisch vorgekommen«, sagte sie leise.

Anscheinend nicht leise genug, denn Brock zog sie enger an sich und sagte: »Süße, jeder Mann, der sich nicht für dich interessiert, ist ein Idiot. Aber ab jetzt muss jeder erst an mir vorbei.«

Er legte einen Finger unter ihr Kinn, hob ihr Gesicht seinem entgegen und küsste sie – vor allen Leuten. Er machte mehr als deutlich, zu wem sie gehörte, und danach hatte sie sich so lange gesehnt, dass ihr ein wenig schwindelig wurde. Selbst diese leichte Berührung seiner köstlichen Lippen ließ sie ins Schwanken geraten.

Sie ließen Justin zurück und gingen zu dem Tisch, an dem

Sawyer und Sky saßen. Sky kniff die Augen zusammen und sah sie verwirrt an, als Brock einen Stuhl für Cree heranzog und den Arm um ihre Schultern legte.

»Äh …?« Sky warf ihre langen dunklen Haare zurück. »Was wird das hier?«

Sawyer sah Brock skeptisch an.

»Wie sich herausgestellt hat, ist Cree doch nicht mit Justin zusammen«, sagte Brock.

»Du dachtest, sie wäre mit Justin zusammen?«, fragte Sky.

Cree deutete mit dem Daumen auf Brock. »Ebenso wie Bella, Jenna und was weiß ich, wer sonst noch.«

»Mann! Wenn ich gewusst hätte, dass du auf Cree stehst, hätte ich dir verraten können, dass sie schon seit Ewigkeiten ein Auge auf dich geworfen hat!«

Brock zog die Augenbrauen zusammen und sah Sawyer verärgert an. »Hättest du mir das nicht sagen können?«

Sawyer hob die Hände. »Junge, das ist das erste Mal, dass ich von all dem etwas mitkriege.«

Cree und Sky lachten.

»Ich habe sie zum Schweigen verdonnert«, gestand Cree, und sie war von Glück und heißen Schauern noch immer erfüllt. »War wohl ziemlich dumm von mir, oder?«

»Kann man wohl sagen.« Brock zog sie wieder zu einem glühenden Kuss an sich. »Das bedeutet aber einfach nur, dass wir ziemlich viel aufholen müssen.«

»Meine Güte, Brock! Was glaubst du denn, warum sie sich um einen Job im Boxclub beworben hat? Etwa weil sie den Boxsport so toll findet?« Sky verdrehte die Augen.

Brock drückte Crees Schulter und sah sie ungläubig an. »Stimmt das?«

»Ja, aber ich mag meinen Job sehr. Ich sehe dich jeden Tag

und kann dir beim Training zusehen, mit freiem Oberkörper, verschwitzt und …« Sie wedelte sich vor dem Gesicht herum. »Ich brauche ein Eiswasser.«

Alle lachten.

»Aber eine Bitte hätte ich«, sagte Cree.

Brock schaute ihr in die Augen, als wäre sie alles, was er je begehrt hätte. »Was auch immer du willst.«

»Bedeutet das, dass ich aufhören kann, boxen zu lernen? Ich hab das gemacht, um dir näher zu sein, aber nach dem Training habe ich so einen Muskelkater! Ich will lernen, mich selbst zu verteidigen, aber …« Sie rieb sich über die Oberarme.

Er lachte und küsste sie erneut, woraufhin sie den Wunsch verspürte, ihm noch Hunderte Fragen zu stellen, nur um in den Genuss von weiteren Küssen zu kommen. »Ich glaube, uns fallen nettere Trainingseinheiten ein. Und ich kann dir andere Selbstverteidigungstechniken zeigen.«

»Was ist denn hier los?«, fragte Jana, als sie und Hunter sich zu ihnen gesellten. »Du hast mir nicht erzählt, dass wir dich für meinen *Bruder* so herausgeputzt haben!«

Cree verzog das Gesicht. »Tut mir leid.«

»Ach was, nein, das muss dir nicht leidtun!« Jana zog ihr Handy hervor. »Ich nehme an, Brocks treudoofer Blick bedeutet, dass ihr beiden echt zusammen seid, oder? Also, das hier wird wahrscheinlich mehr als nur ein One-Night-Stand?«

Himmel, das hoffe ich!

»Auf alle Fälle«, sagte Brock.

»Dann habe ich gerade hundert Dollar gewonnen! Auf unserer Hochzeit habe ich mit Harper gewettet, dass ihr beide zusammenkommt. Ich muss ihr schreiben«, sagte Jana und tippte los. Ihre Schwester Harper war Drehbuchautorin und im Moment für die Arbeit an ihrem ersten Film unterwegs.

»Das ist schon ziemlich lange her«, sagte Cree und schaute Brock nachdenklich an. Empfand er womöglich schon ebenso lange etwas für sie wie sie für ihn? Brock drückte ihre Hand und nickte mit so viel Ehrlichkeit in seinem Blick, dass sie innerlich schmolz.

Jana legte ihr Handy weg. »Als ich mitbekommen habe, wie Brock dich angesehen hat ... Das war so anders, als er jemals eine Frau angesehen hatte, und da wusste ich es einfach.« Sie lächelte Hunter an. »Hab ich dir doch gesagt.«

»Ich dachte, du wärst mit Justin zusammen«, erklärte Hunter. Dann küsste er Jana und sagte: »Außerdem gibt meine Frau gern an.«

Jana gab ihm einen Klaps und setzte sich auf seinen Schoß, so wie Cree hoffte, dass sie sich eines Tages auf Brocks Schoß setzen würde.

»Hey, kennt ihr diesen Song von Maroon 5, ›Love Somebody‹?«, fragte Brock unvermittelt.

»Kennt den nicht jeder?«, meinte Sky.

»Wenn ich allein zu Hause bin, trällere ich den gern, und er ist auf meiner Playlist«, sagte Cree.

»Wo sind meine A Capella Boys?«, ertönte die Stimme von Roach über ein Mikrofon. Er war ein einziger Muskelberg, genau wie Brock, und hatte pechschwarze Haare und einen ernsten Gesichtsausdruck.

Jubel und Applaus brandete auf.

»Wir sind dran, Süße.« Brock stand auf und zog Cree mit sich hoch.

»*Wir?*« Sie schaute zu Sawyer, der nur mit den Achseln zuckte.

»Ganz genau«, sagte Brock und zog sie mit in Richtung Bühne.

»Brock! Ich habe doch gesagt, dass ich nicht vor anderen Leuten singen kann.« Ihr wurde schwindelig und übel, als er sie die Stufen hinaufbugsierte. »Brock!«, zischte sie ihm zu. »Ich kann das nicht. *Bitte!*«

Er zog sie in seine Arme und hielt sie mit einem inbrünstigen Blick gefangen, was sie als vollkommen unfair empfand. »Vertraust du mir?«

»Ja, aber …« Ihre Worte gingen unter dem Druck seiner Lippen verloren. Seine Arme hielten sie, und nur vage nahm sie das lauter werdende Gejohle und die Anfeuerungsrufe wahr, als sie sich küssten.

Selbst wenn sie es gewollt hätte, wäre sie nicht imstande gewesen, jetzt die Bühne zu verlassen. Ihre Beine waren wie Pudding.

»Ich bin bei dir, Süße«, sagte er lächelnd. »Hoffentlich hat der Kuss geholfen, dich zu entspannen.«

»Spinnst du? Ich bin aufgeregter als je zuvor«, gestand sie mit glühenden Wangen.

»Mist. Tut mir leid.« Das Funkeln in seinen Augen verriet, wie wenig leid es ihm wirklich tat. »Aber bitte behalte diese hinreißende Stimme nicht für dich. Sie ist zu besonders, um nicht eine eigene Bühne zu bekommen.« Er stand vor ihr und blockierte ihre Sicht auf das jubelnde Publikum. »Konzentriere dich auf mich, nur auf mich.«

Ihr Herz hämmerte gegen ihre Rippen, und sie hatte das Gefühl, gleich in Ohnmacht zu fallen, aber sie war sich nicht sicher, ob das an ihren verrücktspielenden Nerven oder an seinen Küssen lag. Er sah sie an, als wäre er nicht nur hingerissen von ihr, sondern als würde ihr Gesang ihm alles bedeuten. Und deshalb wollte sie es versuchen.

Er nahm ein Mikrofon und drückte es ihr in die zittrigen

Hände. Dann kam Colton auf die Bühne, gab Brock ein anderes Mikrofon und zwinkerte Cree noch einmal zu, bevor er die Bühne wieder verließ.

Brock sah ihr tief in die Augen, während er mit dem Rücken zum Publikum ins Mikro sprach: »Es hat eine kleine Änderung bei den A Capella Boys gegeben. Heute Abend singen wir gemeinsam mit der wunderschönen *bella mia* Cree Redmond.«

Neuer Jubel brandete auf und ihr Herz raste unbändig. Brocks tiefe Stimme hallte durch die Bar: »Merkt euch ihren Namen, meine Damen und Herren, denn diese talentierte Lady wird ganz groß rauskommen.«

Das Herz schlug ihr bis zum Hals und fast darüber hinaus.

Er nickte Roach und Sawyer zu, und dann hielt er sie mit einem Blick in seinem Bann, der ebenso viel Vertrauen wie Hoffnung in sich barg. Die drei Männer fingen an, sich zu einem nicht vorhandenen Beat zu bewegen, während sie über bittere Pillen und heilloses Verliebtsein sangen. Cree konzentrierte sich auf Brocks Augen, die tief in ihre schauten, und auf seine Lippen. Es schien, als wäre jedes einzelne Wort des Refrains an sie gerichtet, als er sang, dass sie erst die halbe Strecke zurückgelegt hätten, er aber den ganzen Weg gehen wollte. Der Text war nicht von ihm, aber das war auch nicht nötig. Jedes Wort drang direkt in ihr Herz. Er lockte sie mit seiner vollen, tiefen Stimme und seinen hungrigen Augen, und ihre Zurückhaltung schwand mehr und mehr, während er nun davon sang, wie sehr er sich wünschte, dass sie heute Nacht bei ihm blieb.

Ihre Stimme war anfangs leise. Jetzt sang sie davon, sich zu verlieben, und davon, dass sie jeden Tag an ihn dachte. Der Text klang so wahr, und sie merkte, dass die Worte direkt aus ihrem Herzen kamen, als sie ihn singend darum bat, sie heute Nacht nicht allein zu lassen und auch morgen bei ihr zu bleiben. Pures Adrenalin rauschte durch ihre Adern und ließ ihre Stimme mit einer ungeheuren Vehemenz aus ihr hervorbrechen. Auf einmal tanzte sie mit Brock, und es war ihr vollkommen egal, wer sie hörte, solange er sie hörte. Und wie in dem Liedtext war auch sie ein wenig verloren und hatte keine Ahnung, wo sie anfangen sollte, aber sie spürte, dass sie ihm immer mehr verfiel und nie mehr aufhören wollte.

Das Publikum tobte, und sie entdeckte erst jetzt, dass Roach und Sawyer gar nicht mehr auf der Bühne standen. Brocks gefühlvoller Blick bohrte sich in sie, als er den Refrain sang, und ihre Gedanken nahmen einen vollkommen seltsamen Weg — hin zu einem Tattoo, dass sie sich kurz vor ihrer ersten Begegnung mit Brock hatte stechen lassen. Es war ein einzelner Vers aus einem Gedicht, das sie auf eine Serviette gekritzelt in der Bar gefunden hatte, in der sie gearbeitet hatte. Es war ihr nie ganz klar gewesen, was sie dazu gebracht hatte, sich *In deinen Augen fand ich mich* auf ihrer Haut verewigen zu lassen. Bis heute Abend. Jetzt ergab alles einen Sinn.

Nachdem der letzte Ton verklungen war, explodierte die Menge vor der Bühne geradezu. Brock riss sie in seine Arme und schenkte ihr einen Kuss, der wie ein Blitz durch sie hindurchfuhr und den Applaus und den Jubel noch einmal aufbranden ließ.

Sie lachte in ihre Küsse und die Tränen brannten in ihren Augen. Noch nie hatte sie sich so lebendig, so gestärkt oder so verbunden mit einem Menschen gefühlt. »Das war fantastisch! Danke!«

»Du bist fantastisch, Cree, und ich werde dafür sorgen, dass es dir von jetzt an jeden Tag bewusst ist.«

»Indem du anfängst, jedes einzelne deiner unanständigen Versprechen einzulösen, hoffe ich.«

Kurze Zeit später stolperten sie in Brocks kleines Haus in Wellfleet, rissen sich gegenseitig die Kleider vom Leib und hinterließen dabei eine Spur von der Eingangstür bis hin zu seinem Schlafzimmer. Der Mond schien durch die offenen Vorhänge hinein, als er sie mit dem Rücken an die Wand drückte und seine beeindruckende Länge an ihren Bauch presste. Fest strich er mit den Händen über ihre Haut, während sie sich ungestüm küssten. Er biss verlockend auf ihre Unterlippe und zog sanft daran, während seine Augen Gier und Lust ausstrahlten.

»So lang habe ich auf dich gewartet«, stieß er mit rauer Stimme hervor.

»Ich gehöre dir, Brock«, keuchte sie und meinte es wirklich so. Sie war in ihrem Leben mit zwei Männern zusammen gewesen, und beide Begegnungen hatten stattgefunden, lange bevor sie Brock das erste Mal gesehen hatte.

»Du siehst heute Abend umwerfend aus«, sagte er zwischen heißhungrigen Küssen. »Aber nur fürs Protokoll: Ich finde, du siehst in allem absolut heiß aus. Und ich steh auf deine Stiefel!«

Sie lächelte an seinen Lippen. »Ach ja?«

»Oh ja! Deine Stiefel, deine Yogahosen, diese T-Shirts, die du immer anhast.« Er küsste sie innig. »Ich bin getestet, Süße. Bitte sag, dass du verhütest.«

»Tue ich.«

»Himmel sei Dank!«, brummte er und schenkte ihr noch

einen glühend heißen Kuss. »Ich will deine Hitze um mich spüren, wenn ich tief in dir vergraben bin.«

»Ja«, stieß sie atemlos stöhnend aus, als er sie küsste, biss und an ihrem Hals leckte.

Dann liebkoste er ihre Brüste, nahm einen Nippel zwischen Finger und Daumen, drückte fest zu und brachte sie um den Verstand, indem er gleichzeitig an dem anderen saugte und ihn reizte. Als er mit den Zähnen über die sensible Haut schabte, bog sie sich ihm entgegen und genoss die Blitze aus Lust und Schmerz, die bis in ihr Innerstes schossen.

»Oh, ja!«, schrie sie und er tat es gleich noch einmal.

Sie griff ihm in den Schritt und wurde mit einem kehligen, so heißen Stöhnen belohnt, dass ihr ein Schauer über den Rücken lief. Am liebsten wäre sie auf die Knie gegangen und hätte seinen dicken Schaft in den Mund genommen, aber er ließ gerade seine Lippen abwärts wandern, leckte über jedes ihrer Tattoos, und als er ihren Bauchnabel erreichte, nahm er den Ring zwischen die Zähne und zog vorsichtig daran. Dann tauchte er seine Zungenspitze in ihren Bauchnabel. Er umklammerte fest ihren Hintern, während er ihren Bauch liebkoste und mit feuchten Küssen überhäufte. Jeden einzelnen dieser Küsse spürte sie zwischen ihren Beinen.

Sie biss sich auf die Unterlippe, während er weiter bis zum Ansatz ihrer Oberschenkel küsste.

»Mach die Augen auf, meine Schöne«, sagte er ebenso fordernd wie bittend. Als sie seinen Blick erwiderte, sagte er: »Ich will dein Gesicht sehen, wenn du an meinem Mund kommst.«

Ihre Mitte zog sich in freudiger Erwartung zusammen. Im nächsten Moment glitt er mit der Zunge zwischen ihre feuchten, geschwollenen Falten, jagte Funken über ihre Haut, und mit einem begierigen Stöhnen ließ sie den Kopf in den

Nacken fallen.

»Sieh mir zu, Süße«, sagte er noch fordernder.

Und das tat sie.

Seine Zunge und seine Hände waren so erregend, er leckte und saugte, tauchte in sie ein und reizte sie, bis sie ein einziges drängendes Bündel flehender Nerven war. Als er seine Zunge mit ihrer Perle spielen ließ und die Finger tief in sie schob, um den einen magischen Punkt zu finden, schrie sie auf, riss an seinen Haaren und sah ihm in die Augen. Die Lust in seinem Blick vergrößerte ihre eigene und sie kam umso heftiger.

Als sie an die Wand zurücksackte, zog sie ihn an den Haaren zu sich hinauf, und er fand ihren Mund mit seinem. Er schmeckte nach ihr, aber das war ihr egal. Sie hatte noch nie so etwas Kraftvolles wie diesen unglaublichen Mann erlebt, und sie wollte ihm die gleichen köstlichen Gefühle schenken wie er ihr.

Sie legte die Hand auf seine Brust und schuf etwas Raum zwischen ihnen beiden, während sie an der Wand herunterrutschte und auf die Knie ging, um auf Augenhöhe mit seinem beeindruckenden Schaft zu sein.

»Süße, heute Abend soll es um dich gehen«, sagte er und glitt mit seinen kräftigen Fingern durch ihre Haare.

Verführerisch grinste sie zu ihm auf. »Ganz genau.«

Während sie ihre Zunge vom Ansatz bis zur Spitze seiner Härte gleiten ließ, beobachtete sie ihn, wie er sie beobachtete und dabei die Hände in ihre Haare krallte. Sie leckte noch einmal und er atmete hörbar aus. Sie senkte ihren Mund auf seinen Schaft und liebkoste ihn mit der Hand und mit der Zunge. Die Laute, die er von sich gab, die Anspannung seiner Oberschenkelmuskeln, all das ermutigte sie, und so wurde sie schneller und hoffte, dass er sich wirklich gehen lassen würde.

Er stöhnte auf, und sie spürte, dass seine Anspannung

wuchs, sie wusste, dass er versuchte, sich zurückzuhalten.

Sie zog sich zurück. »Lass dich gehen, aber komm noch nicht.« Sie hatte keine Ahnung, ob er überhaupt in der Lage war, ihr alles zu geben, ohne zum Höhepunkt zu kommen, aber sie wollte es herausfinden. Sie wollte alles mit ihm machen, jede Grenze austesten, sich ihnen beiden ganz ausliefern.

»Das werde ich, Süße, aber zuerst muss ich deinen sexy Mund küssen.« Er zog sie hoch und forderte einen weiteren tiefen Kuss ein. Seine Zunge tauchte wild in ihren Mund, während er seine Hand zwischen ihre Beine schob, sie gekonnt in ungeahnte Höhen trieb und sie zu den Sternen katapultierte. Er küsste sie weiter bis zu den allerletzten Zuckungen ihres Höhepunktes, und als er zurückwich und ihr in die Augen schaute, fragte sie sich, was er wohl sah.

»Ich wollte nicht nur einfach irgendjemanden lieben«, sagte er mit rauer Stimme, und ihr wurde klar, dass er sich auf das Lied *Love Somebody* bezog. »Ich will dich, Cree, nur dich.«

Alle möglichen wunderbaren Gefühle stürmten auf sie ein. »Ich will auch nur dich.«

Dieses Mal glitt sie gemächlich an seinem Körper hinab, ohne Eile, küsste dabei seine Brust, saugte an seinen Nippeln und leckte über seine Bauchmuskeln. Als sie schließlich den Mund auf seine Härte senkte, gab er einen unfassbar männlichen Laut von sich. Er vergrub die Hände in ihren Haaren und sie packte seinen Hintern, zog ihn zu sich und wiederholte so ihr Einverständnis, das zu tun, worum sie ihn gebeten hatte.

Und das tat er.

Auf *herrliche* Weise.

Er keuchte genussvoll. »So gut ... Will mehr von dir ... *Wow ... Oh ja, genau da. Genau so ...*«

Als sie spürte, dass er in ihrer Hand unfassbar anschwoll,

ließ sie von ihm ab und glitt langsam mit der Zunge über seine breite Spitze. Sie hatte kaum Zeit, zu Atem zu kommen, als er sie hochhob und auf seine Härte absenkte. Sie spürte jeden seiner Zentimeter und konnte ihre erstaunten, erfreuten Laute nicht unterdrücken. Er füllte sie so vollkommen aus, so perfekt, dass sie sich leichter, verführerischer und vollständiger zugleich fühlte.

Ohne ihre Verbindung zu lösen, legte er sie auf das Bett, und ein verwirrter Ausdruck trat in sein schönes Gesicht. »Himmel, Cree! Spürst du das? Als hätte sich die ganze Welt gerade verändert.«

Sie nickte nur, denn sie fürchtete, ihr würde die Stimme versagen.

»Ich will alles an dir entdecken, mit dir, über uns. Was dir Lust bereitet, was du nicht magst.« Er küsste sie innig. »Ich will jedes einzelne meiner Versprechen erfüllen, aber bevor ich dich nehme, muss ich dich lieben und jede einzelne Sekunde genießen, die ich dir nah bin.«

Tränen traten ihr in die Augen und Sorge tauchte in seinen auf.

»Kein Liebesspiel?«

»Nein, ich meine, doch!«, sagte sie zittrig. »Ich will das auch. Ich will alles mit dir.«

Er senkte den Mund auf ihren und liebte sie langsam, sinnlich, um sie dann, wie versprochen, gründlich zu lieben.

Viel später lagen sie erschöpft und ineinander verschlungen im Bett. Cree konnte sich nicht daran erinnern, jemals glücklicher und von einem derartigen innerlichen Frieden erfüllt gewesen zu sein.

»Alles Gute zum Valentinstag, meine Schöne«, sagte er und küsste sie sanft.

»Das ist der beste Valentinstag meines Lebens.«

Er schob sich mit seinem kräftigen Körper über sie und verschränkte ihre Hände mit einem verschmitzten Ausdruck in den Augen. »Warte, bis du erlebst, was ich dir an Freitagen zu bieten habe.« Er knabberte an ihrem Kinn.

»An Freitagen?«

»Warum sollten wir unser Vergnügen auf Feiertage beschränken? Wie wäre es mit Nimm-mich-Freitagen? Lieb-mich-Samstagen?« Er küsste ihre Lippen. »Verwöhn-mich-Sonntagen?«

Sie drückte ihre Hüften an ihn und einem Geschenk des Himmels gleich wurde er wieder hart.

»Wenn du das überstehst«, sagte er frech, »schaffen wir es vielleicht bis zum Heirate-mich-Montag …«

Sie lachte, aber ihr Herz quoll fast über, als sie sagte: »Wir sollten wohl nicht zu schnell vorpreschen.«

»Sagt die Frau, die sich einst geweigert hat, für mich zu singen.«

Eine Antwort darauf versagte er ihr mit einem sündhaft köstlichen Kuss, und als ihre Körper wieder zueinanderfanden, hatte sie das Gefühl, dass sie wohl nie imstande sein würde, ihm etwas zu verweigern.

Eins

Desiree Cleary stand am Ende der Mole am Indian Neck Beach und unterhielt sich per Videochat mit ihrer besten Freundin Emery Andrews. Nebenher konnte sie beobachten, wie drei muskulöse Kerle auf Jetskis durch die Cape Cod Bay bretterten. Emery und sie kannten sich seit der ersten Klasse, und nur Emery würde verstehen, weshalb sie nach einer über zwölfstündigen Autofahrt hier draußen stand und so tat, als wäre sie im Urlaub, anstatt auf der Stelle mit der Frau zu reden, die sie nach Wellfleet beordert hatte.

»Ich hätte mitkommen sollen«, beharrte Emery. »Du bist am Strand, und ich sitze hier fest und gebe Yoga und Pilates für Leute, die dann nach Hause gehen und eine ganze Pizza verdrücken. Nicht, dass ich nur an mich denken würde. Nein. Ich könnte dein Rückgrat sein, wenn du vor deiner Mutter stehst – damit du nicht kneifst, sondern ihr sagst, wie hundsgemein es ist, dir nach monatelanger Funkstille so eine Mail zu schicken.«

Emerys Ärger war berechtigt. Seit über zwanzig Jahren war sie für Desiree da und sammelte nach jedem kurzen enttäuschenden Treffen mit ihrer Mutter die Scherben ihres gebrochenen Herzens auf. Seit Desiree fünf gewesen war, ließ sich Lizza Vancroft nur noch in längeren Abständen für ein paar Stunden oder Tage in ihrem Leben blicken. Dass sie nur ein- oder zweimal im Jahr von ihrer Mutter hörte, war Desiree gewohnt, aber ihre letzte E Mail war die Krönung gewesen. Immer wieder hatte sie die rätselhafte Nachricht gelesen und war ebenso besorgt wie verärgert. Du musst nach Wellfleet kommen und den Sommer über meine Galerie für mich übernehmen. Das könnte mein Leben verlängern. Desiree hatte nicht einmal gewusst, dass Lizza krank war, geschweige denn, dass sie eine Galerie besaß und sich derzeit in den Staaten aufhielt.

»Ich komme schon klar«, sagte sie zu Emery, obwohl sie kaum wusste, ob sie das selbst glaubte. Nach der Scheidung von Desirees Vater war Lizza mit ihrer älteren Tochter Violet, Desirees Halbschwester, ins Ausland gegangen und hatte mal hier, mal dort unterrichtet. Ihre jüngere Tochter hatte sie beim Vater zurückgelassen, und ein kleiner Teil von Desiree wartete noch immer darauf, dass ihre Mutter wiedergutmachte, dass sie sie verlassen hatte. »Vor dem Treffen mit ihr muss ich mich erst ein bisschen sammeln.«

Einer der Jetskifahrer steuerte direkt auf einen anderen zu und wich erst in allerletzter Sekunde aus, um einen Zusammenstoß zu vermeiden. »Heiliger Strohsack. Irgendwer bricht sich hier heute noch den Hals. Sieh dir diese Typen an.« Sie hielt ihr Handy hoch, damit Emery die verrückten Jetskifahrer sehen konnte. »Wer macht denn so was? Das ist wahnsinnig gefährlich.«

»Heiße Speedfreaks auf Adrenalin. Ganz mein Geschmack, und für dich die perfekte Ablenkung.« Emery zuckte mit den Augenbrauen.

»Ich brauche keine Ablenkung. Lizza ist für mich fast eine Fremde. Es ist, als würde ich gleich schlimme Nachrichten über jemanden bekommen, den ich zwar ein paar Mal getroffen habe, aber nicht wirklich kenne.«

»Ja. Deine Mutter ist flatterhafter als ein Schmetterling. Aber wahrscheinlich wünschst du dir im Moment, du wärst so sprunghaft wie sie und Violet statt so verantwortungsbewusst und durchorganisiert wie dein Vater«, sagte Emery. Volltreffer. Wie immer. »Dann könntest du wie Violet ganz sorglos und ohne Internet für irgendeine gemeinnützige Organisation im Ausland arbeiten, anstatt den Moment hinauszuzögern, in dem du die Dämonen von der Leine lässt, die du schon ewig in Schach hältst.«

»Gott, bist du dramatisch.« Desiree lächelte. Sie war dankbar für Emerys Geflachse.

Ob Violet auch da sein würde, wusste sie nicht. Sie und ihre Schwester waren zwar durch Ozeane voneinander getrennt aufgewachsen, hatten aber eine Zeit lang jeden Sommer einige Wochen bei ihrer Großmutter am Cape Cod verbracht. Zumindest bis sie Teenager gewesen waren und mal die eine, mal die andere etwas Besseres zu tun gehabt hatte. Die früher endlos langen gemeinsamen Sommer waren auf wenige Tage zusammengeschrumpft. Während Desirees Collegezeit hatten sie nur ab und zu voneinander gehört, und bei der Beerdigung ihrer Großmutter im letzten Winter hatte Desiree Violet und ihre Mutter nach mehr als drei Jahren zum ersten Mal wiedergesehen. Dabei hatte sie sich, trotz all ihrer Unterschiede, immer eine gute Beziehung zu ihrer Schwester gewünscht.

»Deshalb hast du mich ja so lieb.« Emery warf ihr ein zuckersüßes Lächeln zu. »Aber im Ernst. Jetzt fahr endlich zu Lizza und bring es hinter dich. Und sei froh, dass ich nicht in der Nähe bin. Denn mich macht ihre Mail stinksauer. So eine unfaire, herzzerreißende Mitleidsnummer braucht niemand.« Emerys Augen verengten sich. »Von mir würde sie ganz schön was zu hören kriegen.«

»Ich würde ihr auch gern meine Meinung sagen«, gab Desiree zu. »Aber ich werde es lassen.« Eine Brise wehte über die Bucht und hob den Saum ihres Kleides. Sie drückte es an ihre Oberschenkel und ertappte einen der Jetskifahrer dabei, wie er langsamer wurde und zu ihr herübersah. Als ob sie heute nicht schon nervös genug wäre.

»Ich weiß. Du hast das größte Herz auf dem ganzen Planeten. Wir brauchen einen Plan. Wenn du einen Plan hast, geht es dir immer gleich besser.« Emery strich sich das braune Haar hinters Ohr und beugte sich so nahe zum Display, als würde sie gleich ein Geheimnis preisgeben. »Heute Abend, wenn dein Herz zerfetzt ist und ich nicht da bin, um deine Mama-Wunden zu heilen, gönnst du dir ein nettes Glas Wein und einen leckeren Kerl. Das macht jeden Schmerz, den sie dir vielleicht zufügt, ein bisschen erträglicher. Vertrau mir.«

»Meinst du nicht eher ein leckeres Glas Wein und einen

netten Kerl?«, fragte Desiree, während sich der Jetskifahrer, der sie noch immer fixierte, von den anderen löste und an ihr vorbeijagte.

»Definitiv nicht. Du brauchst keinen netten Kerl. Ich weiß, du glaubst, für dich müsste es immer das volle Romantikprogramm mit Blumen, Süßigkeiten und Mitternachtsspaziergängen sein.« Emery warf ihr einen »Widerspruch zwecklos«-Blick zu. »Aber glaub mir, du brauchst einen Mann, der weiß, was er will. Der dich um den Verstand küsst und dafür sorgt, dass du deine verrückte Mutter vergisst.«

Desiree schlang die Arme um sich, lauschte dem Dröhnen des einsamen Jetskis, der vor ihr seine Bahnen zog, und versuchte, sich Küsse vorzustellen, die eine Frau um den Verstand brachten. Solche Küsse waren ihr fremd, aber Emery redete darüber, als hätte sie schon jede Menge davon bekommen. Vielleicht war es Zeit, ihren Horizont zu erweitern.

»Hallo?«, sagte Emery. »Meinst du, du kannst mich ansehen und dich mal für zwei Minuten von den knackigen Jetskifahrern losreißen?«

Desiree lachte. »Als ob du so was jemals tun würdest? Außerdem schaue ich nur einen von ihnen an, und nur weil der mich anschaut. Die anderen beiden sind längst weg.« Sie hielt ihr Handy hoch und zeigte ihr den muskulösen Kerl mit den dunklen Haaren, der sich immer auf ihrer Höhe hielt, während sie auf der Mole auf und ab ging.

»Gott, du bist ein Glückspilz. Gönn dir einen wilden Ritt mit ihm und komm zu spät zu Lizza.« Erneut ließ Emery die Augenbrauen tanzen. »Du weißt ja noch nicht mal, ob sie wirklich im Haus deiner Großmutter auf dich wartet.«

Leider wahr. Lizza und Violet hatten noch immer nicht auf Desirees Nachrichten geantwortet. Aber das änderte nichts an der Tatsache, dass sie keine Frau war, die mir nichts, dir nichts mit einem Unbekannten in die Kiste sprang. »Ja, klar, genau, was ich brauche. Erst einen verrückten Adrenalinjunkie, dann ein Treffen mit Lizza. Nein danke.«

Emery wandte sich vom Telefon ab. »Ich muss los. Mein Date ist da.«

»Du hast ein Date? Mit wem?«

»Mit einem verrückten Adrenalinjunkie. Einem der Jericho-Brüder. Welcher es ist, darfst du selbst erraten.« Sie warf Desiree einen Kuss zu. »Hör auf meinen Rat, Babe. Vernasch den heißen Jetskitypen, dann bist du hübsch locker, wenn du Lizza siehst. Ruf an, wenn du mich brauchst. Hab dich lieb!«

Desiree beendete das Gespräch, und der Kerl auf dem Jetski jagte vorbei. Nach einer scharfen Kurve bretterte er zurück und schaute ihr direkt ins Gesicht. Ihr Herz begann zu rasen. Vielleicht war das ja tatsächlich genau, was sie brauchte: eine Nacht ohne Fragen. Das wäre dann ihr erstes Abenteuer dieser Art. Mr. Jetski wendete erneut und düste noch schneller vorbei. Wieder ohne sie dabei aus den Augen zu lassen. In ihrem Bauch flatterten Schmetterlinge auf. Offensichtlich gefiel sie ihm. Vielleicht …

Wieder eine Wendung, dann steuerte er direkt auf die Mole zu.

Direkt auf sie.

Oh Gott! Wie lange starrte sie ihn schon an? *Was habe ich mir nur dabei gedacht?*

Sie versuchte, lässig zu wirken, schaute auf die Boote, in den Himmel, überall hin, nur nicht zu dem Mann auf der Maschine, während sie über die großen Steinbrocken der Mole auf den Strand zuging. Der Kerl schlug plötzlich einen Haken und ließ eine Wasserfontäne in ihre Richtung spritzen. Kreischend duckte sie sich, doch das Wasser prasselte auf sie nieder.

Nein, so ein leichtsinniger Draufgänger war definitiv nicht ihr Fall.

Wenn Ihnen die Vorschau gefallen hat, bestellen Sie *Sommernächte in Bayside* bei Ihrem Online-Buchhändler!

dringen. Als Trumans dunkle Vergangenheit seine Zukunft in Gefahr bringt, steht seine Loyalität auf dem Prüfstand und er muss die schwerste aller Entscheidungen treffen.

Bestellen Sie *Tru Blue – Im Herzen stark* direkt bei Ihrem Online-Buchhändler!

Neu bei »Love in Bloom – Herzen im Aufbruch«?

Ich hoffe, Sie hatten genauso viel Spaß mit den Freunden aus Seaside wie ich! Falls dieser Band Ihr erstes Buch aus der Reihe »Love in Bloom – Herzen im Aufbruch« ist, warten noch jede Menge Geschichten über unsere sexy, selbstbewussten und loyalen Heldinnen und Helden auf Sie.

Seaside Summers ist nur eine der Serien aus meiner großen Sammlung von Liebesromanen mit Tiefgang, Humor und Happy-End-Garantie. In allen Büchern finden Sie eine abgeschlossene Geschichte, die auch für sich allein gelesen werden kann. Figuren aus den einzelnen Serien und Büchern der weitverzweigten »Love in Bloom – Herzen im Aufbruch«-Familien tauchen immer wieder auch in den anderen Bänden auf. So verpassen Sie nie eine Verlobung, eine Hochzeit oder eine Geburt. Wenn Sie mögen, lernen Sie doch auch die anderen Serien der Reihe kennen! Eine vollständige Liste aller auf Deutsch erschienenen und geplanten Bücher gibt es am Ende des Buches und unter dem folgenden Link finden Sie weitere Informationen:

www.MelissaFoster.com/Herzen-im-Aufbruch

Love in Bloom – Herzen im Aufbruch

Für noch mehr Vergnügen lesen Sie die Bücher der Reihe nach.
Sie werden in jedem Band bekannte Figuren wiederfinden!

Die Snow-Schwestern

Schwestern im Aufbruch
Schwestern im Glück
Schwestern in Weiß

Die Bradens (Weston, Colorado)

Im Herzen eins – neu erzählt
Für die Liebe bestimmt
Freundschaft in Flammen
Wogen der Liebe
Liebe voller Abenteuer
Verspielte Herzen
Ein Fest für die Liebe (Hochzeits-Geschichte)
Nachwuchs für die Liebe (Savannahs & Jacks Baby)
Happy End für die Liebe (Hochzeits-Geschichte)
Weihnachten mit den Bradens (Kurzgeschichte)
Liebe ungebremst (Kurzroman)

Die Bradens (Trusty, Colorado)

Bei Heimkehr Liebe
Bei Ankunft Liebe
Im Zweifel Liebe
Bei Rückkehr Liebe
Trotz allem Liebe
Bei Aufprall Liebe

Die Bradens (Peaceful Harbor)

Geheilte Herzen
Voller Einsatz für die Liebe
Liebe gegen den Strom
Vereinte Herzen
Melodie der Liebe
Sieg für die Liebe
Endlich Liebe – ein Braden-Flirt

Die Bradens & Montgomerys (Pleasant Hill – Oak Falls)

Von der Liebe umarmt
Alles für die Liebe
Pfade der Liebe
Wilde Herzen
Schenk mir dein Herz
Der Liebe auf der Spur
Verrückt nach Liebe
Liebe süß und sündig
Und dann kam die Liebe
Eine unerwartete Liebe
Verliebt in Mr. Bad

Die Remingtons

Spiel der Herzen
Im Dschungel der Liebe
Herzen in Flammen
Herzen im Schnee
Liebe zwischen den Zeilen
Von der Liebe berührt

Seaside Summers

Träume in Seaside
Herzen in Seaside
Hoffnung in Seaside
Geheimnisse in Seaside
Nächte in Seaside
Herzklopfen in Seaside
Sehnsucht in Seaside
Geflüster in Seaside
Sternenhimmel über Seaside

Bayside Summers

Sommernächte in Bayside
Verführung in Bayside
Sommerhitze in Bayside
Neuanfang in Bayside
Mondschein in Bayside
Versuchung in Bayside

Die Ryders

Von der Liebe bestimmt
Von der Liebe erobert
Von der Liebe verführt
Von der Liebe gerettet
Von der Liebe gefunden

Die Whiskeys: Dark Knights aus Peaceful Harbor

Tru Blue – Im Herzen stark
Truly, Madly, Whiskey – Für immer und ganz
Driving Whiskey Wild – Herz über Kopf
Wicked Whiskey Love – Ganz und gar Liebe
Mad About Moon – Verrückt nach dir
Taming My Whiskey – Im Herzen wild
The Gritty Truth – Kein Blick zurück
In For A Penny – Süßes Glück
Running on Diesel – Harte Zeiten für die Liebe

Die Whiskeys: Dark Knights von der Redemption Ranch

Immer Ärger mit Whiskey
Sullys Befreiung
Um Whiskeys willen

…

Entdecken Sie Melissa Fosters Bücher auch auf:
www.MelissaFoster.com/Herzen-im-Aufbruch